EUROPA ERLESEN | LITERATURSCHAUPLATZ
HERAUSGEGEBEN VON GREGOR C. MÌLENA

Sabine Scholl und Lydia Mischkulnig

Böhmische Bibel

Unheilige Schrift für Puppen
Band 1
Fiona

Wieser Verlag

Die Herausgabe dieses Bandes erfolgte mit
freundlicher Unterstützung der ZVEZA BANK
und der Stadt Wien

Wieser Verlag
A-9020 Klagenfurt/Celovec, Ebentaler Straße 34b
Telefon: +43(0)463 37036 Fax: +43(0)463 37635
office@wieser-verlag.com
www.wieser-verlag.com

Lektorat: Gerhard Maierhofer
ISBN-13 978-3-85129-780-5

Erstes Buch

Fiona

1 Ich bin arm und schön, seufzte sie.

Tja, so beginnen normalerweise Märchen, bemerkte er hämisch. Das Dumme ist nur, dass du noch dazu im Rollstuhl sitzt und da so schnell nicht wieder rauskommst.

Hauptsache, ich sitze nicht lebenslänglich! Sagte sie.

Fiona strich sich das glänzend blonde Haar aus der Stirne und betrachtete Dr. Johnson forschend.

Du könntest mir helfen, wenn du nicht hinter Gitter wärst.

Ein Arzt in meiner Situation kann sich seine Patienten nicht aussuchen. Aber auch du, Fiona, könntest mir helfen, wenn du nur aufhörtest, in mir den Schuldigen zu sehen. Ich war es nicht. Es ist ein großes Glück, nicht geboren zu sein, Fiona, nur wenigen ist es beschieden. Glaub mir, flehte der Arzt.

Fiona aber legte den Telefonhörer hin, drehte elegant ihren Rollstuhl fort von der Glaswand, die sie von Dr. Johnson trennte, und ließ sich vom wachhabenden Beamten die Tür aufhalten. Sie lächelte ihm zu und rollte zum Lift. Sie wartete. Der Lift kam, die Tür öffnete sich, und Fiona verschwand hinter der sich mit einem Klingelton schließenden Tür. Sehnsüchtig und mit traurigem Blick sah der Beamte der schönen Rollstuhlfahrerin nach.

In der Kabine wartete Fiona, dass sich der Lift in Bewegung setzte. Sie musterte ihr Profil im Spiegel, richtete sich auf, streckte die Schultern und setzte ihre eleganten Schuhe auf den Boden der abwärtsfahrenden Liftkabine, um sich leicht und graziös aus dem Rollstuhl zu erheben.

Sie streifte den Rock glatt, zwinkerte ihrem Spiegelbild zu, beugte sich hinab zum Rollstuhl. Flink legte sie ein paar Hebel um. Es klickte jedes Mal, als drücke sie einen Abzug. Als sie den Rollstuhl zusammenklappte, blieb der Lift im ersten Stockwerk plötzlich stehen und ein eiliger Rechtsanwalt hüpfte herein. Er war wütend.

Sie haben mich geschnappt, schimpfte er.

Ich wollte hochfahren, einen Klienten aufsuchen. Und nun muss ich mit Ihnen zur Tiefgarage.

Er scharrte mit seinen beschlagenen Sohlen und benahm sich extrem nervös.

Ihr erster Fall? Fragte Fiona ironisch.

Was?

Der junge Anwalt schien sie kaum wahrzunehmen.

Was haben S' gesagt?

Ach, schmollte Fiona, und dann hielt der Lift schon in der Tiefgarage.

Leichtfüßig lief sie dem Ausgang entgegen, warf dem Juristengesicht noch ein »viel Glück« zu.

Wenn nur nicht das Rollstuhlgestänge gegen ihre Knöchel schlüge, dann würde sie jetzt auch nicht stolpern. Doch Fiona stolperte und fiel hin. Der Asphalt riss die feinen Netzstrümpfe auf.

Der junge Anwalt hatte ihren Sturz vom Lift aus beobachtet und kam ihr entgegen, half Fiona auf die Beine.

Als sie an seinem Arm den ersten Schritt wagte und umknickte, sagte er: Sie haben sich verletzt.

Fiona lächelte: Ich glaube, ich habe mir den Knöchel verstaucht.

Tatsächlich schwoll die Stelle rasch an und sah schlimm aus. Der Anwalt klappte den Rollstuhl wieder auf und half Fiona, Platz zu nehmen.

Oh, das tut mir leid. Wie kommen Sie jetzt nach Hause? Mit dem verdrehten Fuß können Sie nicht Auto fahren. Sie könnten zwar nach Hause rollen, aber Sie wohnen doch nicht in der Nähe, oder? Sagte der Anwalt.

Du meine Güte, ich lebe ja nicht in der Gosse.

Wenn Sie möchten, fahre ich Sie später heim, Sie müssten aber ein wenig warten. Ich habe ein Klientengespräch. Doch das wird nicht lange dauern. Sind Sie Anwältin?

Nein. Ich bin bloß zu Besuch in der Haftanstalt gewesen. Mit Recht habe ich nichts zu tun. Genau genommen gar nichts, grinste Fiona.

Können wir uns später weiter unterhalten? Bat der Jurist.

Mein Name ist übrigens Adalbert. Adalbert Richter.

Gut, Adalbert, ich warte auf Sie in der Cafeteria.

Fiona, wieder im Rollstuhl, begab sich in das Lokal im Untergeschoß, und Gott sei Dank öffneten die Türen dort automatisch.

Vielleicht für die Gefangenen, die mit Handschellen Kaffee trinken müssen, überlegte Fiona.

Sie schüttelte erneut ihr blond glänzendes Haar, und sofort stand der grantige Wirt neben ihr, riss sich zu einem Lächeln zusammen und schob sie an den saubersten Tisch.

Na, ist der Liebste hinter Gittern? Aber ein richtig großer Latte Macchiatto wird Ihnen die Lebensgeister zurückgeben.

Fiona seufzte gekonnt und fragte sich: Wo bin ich bloß gelandet? Und dieser blöde Fuß, muss der gerade jetzt kaputt gehen, wo ich frei bin?!

An den anderen Tischen befanden sich ein Wachebeamter, eine schwangere, sehr junge Frau, ein Sandler.

Der Wachebeamte musterte Fiona. Wandte sich dann wieder der jungen Schwangeren zu. Sie hatte ein blaues Auge. Trank selber einen Kaffee.

Der Wachebeamte trank auch einen Kaffee. Der Sandler trank einen Kaffee. Es gab nur Kaffee in der Cafeteria. Fiona bekam ihren eigenen Kaffee und rührte in dem Getränk. Sie sah sich um. Sie rührte immer langsamer und sah sich immer intensiver um. Ihre Pupillen fetzten hin und her. Bis sie sich an einem Punkt in der Ferne festsaugten.

Fiona hörte zu rühren auf, und auch die Pupillen rührten sich nicht mehr. Sie starrten auf einen Punkt. Fionas Lippen öffneten und ihre Augen weiteten sich. Was war los mit Fiona? Ging ihr ein Licht auf? Sah sie etwas Schreckliches? Was?

2 Als Fiona wieder zu sich kam,

saß sie vor einem kleinen Salatteller. Erstaunt stocherte sie in ultraroten Tomaten und extrem grünen Blättern. Als sie die Gabel an ihren Mund heben wollte, dauerte diese Bewegung unendlich lange, als sei ihr Arm wie gelähmt, die Gabel bleischwer.

Dann erst fiel ihr Blick auf die Umgebung. Wo war sie? Die Aussicht aus den riesigen Fenstern zeigte ihr nur Dächer und einen schmutzig grauen Himmel. Der Innenraum war loftartig, und sie selbst hing mehr, als dass sie saß, auf einer Art Barhocker in einer hochmodernen Kücheninsel, einer Mischung aus Hightech und Hüttenromantik.

Fiona versuchte den Salat zu kauen und zu schlucken, wurde allerdings überwältigt von der Intensität eines Geschmacks, der über die Nerven ihrer Zunge eilte und nicht aufhören wollte, Sensationen zu verbreiten.

Gänsehaut überzog ihren Rücken, als Adalbert Richter die Kücheninsel betrat. Was hatte er vor?

Was war geschehen?

Woher stammte das Blackout? Irgendetwas musste geschehen sein, das Fiona nicht mehr auf die Reihe kriegte. Vielleicht sollte sie wieder einmal in eine Therapie?

Und diese Geschmacksintensität! Und dieser Adalbert Richter in seiner hochmodernen Kücheninsel! Hatte der Typ so viel Geld, dass er sich das alles leisten konnte?

Egal, wie Fiona hierhergekommen war, Adalbert musste ein reicher Mann sein, denn er war Anwalt. Er hatte sie mitnehmen wollen, nach Hause bringen. Aber sie hätte im Grunde in ihre eigene Wohnung gewollt. Und nun war sie hier gelandet. Verdammter Mist! Wenn sie nur wüsste, warum und wozu.

Adalbert war jung, sogar jünger als Fiona. Er hatte eine schöne Frisur und trug wohl immer einen erstklassigen Anzug. Aber war sein Haar nun in einen Seiten- oder Mittelscheitel getrimmt?

Sie essen sehr langsam, sagte Adalbert Richter mit einem bezaubernden Lächeln. Sie sind wohl eine Frau, die richtig genießen kann!

Fiona versuchte zurückzulächeln, doch brachte sie die Mundwinkel nicht auseinander, konnte die Lippen nicht spannen, weil die Wangenmuskeln irgendwie schliefen. Aber sie fühlte eine Wärme von Adalbert Richter ausgehen, die auf sie zukam und ihre Haut berührte, und zwar total, ganzkörperflächig. Da bemerkte Fiona erst, dass sie nackt war.

Nun erklärte sich auch der kalte Schauer, der ihr in Zeitlupe über den Rücken kroch. Oder war es, weil Fiona auskühlte? Verwandelte sich ihre Menschenhaut in Bakelit? Einen Plastikstoff? Sie war steif wie eine Puppe. Nur ihre Augen bewegten sich noch: Ihr Blick fiel auf den Tisch.

Da entdeckte sie, dass der Salat voll goldener Sprenkel war, dass er regelrecht glitzerte und gleißte, und je mehr sie auf die edelmetallenen Streusel starrte, desto leichter wurde ihr ums Herz.

Na, lächelte Adalbert. Duzen wir uns?

Fiona nickte.

Genau so hast du es dir ja immer gewünscht. Ich musste nur ein wenig nachhelfen. Die Partydroge ist dir gut bekommen. Unsere erste Nacht war wundervoll. Genau wie ich es mir erträumt hatte.

Fiona schüttelte den Kopf, ungläubig, aber nicht abgeneigt.

Aber ... Wie? ... Stammelte sie.

Glaube mir, Adalbert strich nun über Fionas Haar. Du hast es genossen. Ich kenne mich da aus!

Ich kann mich an nichts erinnern, brachte Fiona schließlich trotz ihrer leichten Lähmungserscheinungen heraus.

Es war so schön! Beteuerte Adalbert. Also eigentlich. Es ist so schön! Immer noch! Verbesserte sich der junge Anwalt.

Fiona fröstelte.

Und wo ist bitte mein seidiger Morgenmantel? Fuhr sie Adalbert plötzlich an. Gold im Salat, aber kein Satin im Haus???

Beruhige dich, Schatz, beruhige dich! Deine Haut wird sich gleich wieder erwärmen. Das ist nur eine kleine Nebenwirkung. Dir ist kalt, das ist nichts Neues. Du hast wenig Liebe erfahren. Bist hungrig, weil du nie satt geworden bist, ähm.

Dr. Johnson hat das von Anfang an befürchtet. Es ist alles ganz normal. Du hast eine Gedächtnislücke. Und sie wird dich verunsichern, das ist dein kreatives Potenzial. Es ist eine alte Weisheit, dass man weiß, dass man nichts weiß. Das muss dich nicht ängstigen. Die Gedächtnislücke steht dir sogar gut, macht dich sexy!

Fiona schüttelte ihr blondes Haar, und eigentlich war ihr ganz egal, dass sie nackt war. Sie spürte die Dickhäutigkeit, und die leichte Lähmung war natürlich eine starke Lähmung. Aber solange sie sprechen konnte, schauen und essen, war alles Weitere egal. Das Gold glitt ihr die Kehle hinunter, rutschte durch die Speiseröhre in den Magen und schmiegte sich schmeichelnd an die Magenwand, die nichts als Sinneslust und Satisfaktion vermittelte.

Ach, und wo war der Rollstuhl hin? Wozu überhaupt diese Rollstuhl-Sache? Egal. Hatte wohl etwas mit ihren Lähmungserscheinungen zu tun.

Adalbert war Anwalt, konnte sich eine hochmoderne Kücheninsel und eine Fiona mit Gold auszukleiden leisten, was andere

Männer nicht so draufhatten, denen das »außen hui« genügen musste.

Adalbert zog die Schuhe aus. Seine Socken waren mit lächerlichen Comicfiguren geschmückt. Aber er war eben noch jung, und ein paar kindische Züge waren in seinem strategischen Denken erhalten geblieben. Schon allein der Anblick der Spiderman-Netze, die sich um seine Knöchel zogen, besänftigte Fiona mit einem Mal. Sie spürte eine Woge warmen Gefühls in sich aufsteigen, exakt wie ihr Dr. Johnson prophezeit hatte, dass es wäre, wenn sie endlich aufhörte, ihre Schuldgefühle auf ihn zu projizieren. Fiona sei seiner Meinung nach … aber was zählte die Meinung des Dr. Johnson jetzt noch? Er hatte sich vertan und saß deshalb hinter Gittern. Und nun beruhigte sich Fiona angesichts des Spinnennetzes auf des Anwalts Socken. Das machte sie stutzig, denn was hatten der Anwalt und seine Socken mit Dr. Johnson und ihr zu tun?

Adalbert schritt über das Parkett und brachte ihr den Satin-Bademantel. Fiona war froh, durch den Wärmeschub, der sie durchdrang, schon als sie des Bademantels gewahr wurde, wieder beweglich zu werden und in die Ärmel schlüpfen zu können.

Warum war sie froh? Wie kam sie überhaupt auf dieses Wort? Was heißt froh?

Das Wort war irgendwie in ihr drin. Woher kommt es, und wohin geht es? Bedeutete froh leicht? Ja! Fiona fühlte sich leicht, weil sie Arme und Beine bewegen konnte. Sie band den Satinmantelgürtel fest um die Taille und war nun auch froh darüber, angekleidet zu sein.

Sie fragte sich, ob diese Nacktheit Schwere bedeutet hatte: Wieso macht Nacktheit, die nichts wiegt, eine Belastung aus? Und ist es nicht paradox, etwas am Leibe zu tragen und sich gerade dann erleichert zu fühlen? Ach, all diese Gedanken im Fionakopf jagten einander und verzischten, als wären sie ein Tropfen auf den heißen Stein ihrer Gefühle. Ja, es ging um Gefühle. Und dieses Spinnennetz auf Adalberts Socken symbolisierte die Gefühle. All die Verstrickungen zwischen Dr. Johnson, Adalbert und Fiona.

Lass dich umarmen! Sagte Fiona.

Sie schlug ihre Arme um Adalbert. Er war überrumpelt und ging in den Wogen des Satinmantels nach Luft schnappend unter. Fiona drückte ihn ganz fest und ganz lang an sich, bis sie seinen Körper nicht mehr spürte, bis er sich anfühlte, als wäre er in ihrem aufgegangen. Als sie die Arme wieder öffnete, hatte sie nur noch seine Kleider in der Hand. Die Schuhe standen brav auf dem Boden vor ihr.

Die Schuhe! Die doch eben noch dort hinten waren und nun direkt vor ihr. Da hörte sie ein leises Sausen, etwas hinter ihr nahm einen langen Anlauf, rutschte auf Socken durch das Loft, bis zum Fenster im 27. Stockwerk des Hochhauses im Donauzentrum, in dem sich Fiona befand. Und als sie sich langsam umdrehte, stand das Fenster offen und Adalbert war verschwunden.

3 Fiona zitterten die Knie.

Sie hatte genug von seltsamen Erscheinungen, von Spinnweben und Männern überhaupt. Wenn der eine schon im Gefängnis saß und der andere durch den Himmel von Wien kreuzte, dann wollte sie wenigstens diese wunderbare Wohnung nutzen.

Sie war hundemüde. Das Gold im Salat hatte sie nicht wirklich zu Kräften gebracht. Sie schleppte sich in den hinteren Teil des Lofts, in dem sie in der Ferne ein riesiges Himmelbett erspäht hatte, und ließ sich in die weichen Kissen fallen.

Marie Antoinette, war das Letzte, was sie denken konnte, bevor sie von einem großen flaumigen Kuchen träumte, der plötzlich in sich zusammensank, als etwas Schweres auf ihn fiel, schwer wie Stein, aber mit Haaren dran und mit einem Gesicht und einer kreisrunden Schnittfläche des Halsansatzes eines geköpften Hauptes, das im flaumigen Kuchen versank.

Fiona wälzte sich unruhig. Die kreisrunde Halsschnittfläche begann sich immer schneller zu drehen und verwandelte sich in eine Scheibe Salami. Zu Salami passen Brot und Senf und vielleicht ein Essiggurkerl. Fiona floss das Wasser im Mund zusammen, während sie Wasserfälle träumte, Wasserfälle, die sich in eine rote Höhle ergossen. Fiona musste schlucken. Sie schwamm im Bassin der roten Höhle und schluckte und schluckte. Sie schlug mit den Armen um sich und schluckte und schluckte, während sie im Traum ertrank. Unter Wasser sah sie ein Wolfsgesicht, und der Wolf knurrte.

Endlich erwachte Fiona, schreckte hoch. In ihrem Magen grollte es entsetzlich.

Sie schlug die Decke zurück, stand auf und ging in die Küche, öffnete die Laden, Türen, den Kühlschrank. Sie suchte Salami und Brot. Den Kuchen rührte sie nicht an, der in Cellophan gehüllt im Brotkasten lagerte. Sie wollte Salami und Brot einkaufen gehen und überlegte, wo sie das Geld eingesteckt hatte. Sie suchte die Handtasche, jedoch vergeblich. Fiona war hungrig, blond, pleite. Sie entpuppte sich fast als normaler Mensch. Da hörte sie ein Klimpern. Woher kam es? Aus dem Wohnzimmer. Es wurde lauter, als locke sie jemand, klimper-klimper-klimper. Sie pirschte sich vorsichtig heran und lugte in die Wohnzimmerlandschaft. Hinter dem großen Fenster floss die Donau von rechts nach links abwärts.

Hallo? Rief Fiona zaghaft. Ist da jemand?

Ein leises Kichern antwortete.

Was heißt da jemand? Ich bin's, der Geldzwerg.

Und hinter der Kücheninsel hüpfte ein Männchen hervor, auf dessen Mütze die Zwei-Euro-Münzen klimperten und schepperten. Seine Jacke war mit großen Scheinen, Fünfzigern und Hundertern, verziert.

Wie hättest du's denn gern? In Münzen oder Scheinen? Fragte der Geldzwerg.

Na ja, stotterte Fiona verblüfft, vorerst brauche ich nur Sachen zum Essen.

Und was wirst du anziehen für den Supermarkt? Dein seidiges Mäntelchen? Der Zwerg kicherte unverschämt, und Fiona wurde gewahr, dass sich ihre Formen unter dem dünnen Stoff deutlich abzeichneten.

Warte mal, rief sie dem Männlein zu. Ich zieh mir rasch was an.

Sie stolperte in den begehbaren Schrank, riss Jeans von Adalbert heraus, nahm noch ein Muskelshirt und ein weißes Businesshemd und stolperte so bekleidet zurück in den Küchenbereich.

Der Geldzwerg hatte sich inzwischen auf einen Barhocker geschwungen. Fiona wollte rasch einen Schein von ihm pflücken, aber als sie näher kam, versetzte er ihr einen heftigen Kinnhaken, dass sie an den Kühlschrank flog.

Denkste, schrie der Zwerg. Ich bin der Hüter des Geldes. Nicht der Verteiler. Wenn du was abhaben willst, musst du es wert sein. Verstanden?

Jaja, ist ja in Ordnung, besänftigte ihn Fiona.

Also, wenn du Geld willst, dann musst du mir versprechen, dass du mir dein erstes Kind gibst!

Fiona staunte über diesen Vorschlag. Klang doch reichlich märchenhaft. Und auch ein bisschen idiotisch, aber der Knirps hatte Geld, und sie brauchte Geld, und ans Kinderkriegen hatte sie noch nicht gedacht.

Also gut, sagte sie und ging den Deal ein.

4 Inzwischen

war Adalbert in seinem Superman-Anzug eine Runde über die Donaustadt geflogen. Er sah schlecht, während er flog, denn er hatte seine Fliegerbrille vergessen. Die Luft brannte auf seinen Augen, und er versuchte sich zu orientieren. Ja, da unten, südwestlich, musste es sein.

Er wich einem Hubschrauber aus, den die Polizei auf der Suche nach der verschwundenen Fiona eingesetzt hatte.

Wenn die wüssten, dachte Adalbert, als er knapp unter den Kufen durchtauchte. Aber da befand er sich auch schon im Anflug auf das Dach der Gefängnisanstalt, in der Dr. Johnson schon jahrelang auf seine Befreiung wartete. Und Adalbert brauchte ihn, nun, da er Fiona fast für sich gewonnen hatte. Nach der Landung kletterte er geschmeidig die Fassade abwärts, an den vergitterten Fenstern des Gefängnisses vorbei, und suchte nach Dr. Johnsons Zelle. Sie lag im vierten Stockwerk, doch wusste Adalbert Richter nicht, welches Fenster Dr. Johnson gehörte.

Dr. Johnson war Fertilisationsexperte. Er saß deshalb auch wegen Menschenhandels hinter Gitter. Adalbert Richter benötigte Dr. Johnson nicht nur als Klient, um sein Rechtsvertreter und Verteidiger zu sein. Er brauchte ihn auch als Fertilizer. Denn Fiona war zwar einfühlsam und klug, mit ihren blauen Augen; aber sie war nun mal eine Puppe und keine richtige Frau. Die Organe funktionierten nicht, wie Adalbert Richter es gewünscht hatte. Da er aber ein Superman war, war es natürlich klar, dass er Nachwuchs forderte. Und Fiona war eine Superfrau. Wahnsinnstitten und eine Haut zum Anklopfen! Und nun legte Adalbert Richter die Hände an die Gitterstäbe und blickte durch das Glas.

Dr. Johnson saß auf seiner Pritsche, die Beine übereinandergeschlagen und mit dem rechten Bein wippend, an dessen Fuß, auf der großen Zehe noch ein Patschen hing. Dr. Johnson war deprimiert, ohne Antrieb, nur auf eine automatisierte Bewegung abgerichtet, die ziellos seine letzte Energie aufbrauchte.

Adalbert Richter klopfte ans Fenster, Dr. Johnson trat heran, und Superadalbert gab ihm zu verstehen, dass er sich in die letzte Ecke seiner Zelle zurückziehen solle. Johnson gehorchte, und Richter nahm seinen Laserbleistift, zerteilte damit die Gitterstäbe und das Panzerglas, deren Undurchdringlichkeiten sich mit einem Zischen verabschiedeten. Dann reichte er dem Fertilizer die Hand, zerrte ihn durch die enge Fensteröffnung, und schon flogen sie durch die Lüfte in einem Tempo, das Dr. Johnson zum Lachen brachte, wie einen kleinen Jungen.

Eigentlich hatte er sich immer gewünscht, an einem Zweimannflug teilzunehmen und der Schwerkraft ein Schnippchen zu schlagen.

Adalbert bemerkte befriedigt, dass es Dr. Johnson Freude machte, und rechnete sich bereits gute Chancen aus, ihn als Freund und Kumpanen für eine Befruchtung Fionas zu gewinnen. Und als sie sich langsam dem Hochhausgebäude näherten, stieß Dr. Johnson einen Juchzer aus und sagte zu Adalbert: Übrigens, ich heiße Wilhelm, wie der Reich. Wir können uns nun duzen.

5 Inzwischen hatte Fiona

alle Mühe, den Wünschen des Geldzwerges Genüge zu tun. Der wurde nämlich immer unverschämter, je eindeutiger sie ihm zu verstehen gab, dass sie nichts von ihm wollte. Der Geldzwerg verbeugte sich und bot ihr zwar an, die Geldscheine von seinem Hut zu pflücken, doch kaum fasste Fiona nach den Noten, sprang er zur Seite und zwickte sie in den Hintern. Er war geschickt, wendig und flüchtig wie Quecksilber. Er hatte seinen Kontrakt, und Fionas erstes Kind wäre sein. Nun trieb er seinen boshaften Schabernack. Fiona war echt sauer. Sie sah vielleicht aus wie eine Puppe, aber verarschen wollte sie sich nicht lassen. Sie machte dem Geldzwerg einen Strich durch die Rechnung, indem sie beschloss, selbst ihr Geld zu verdienen. Und wenn sie dafür auf den Strich gehen müsste, es war ihr egal.

Sie packte den Mantel an der Garderobe, warf ihn sich über und stürmte aus der Wohnung. Der Geldzwerg sah ihr verdutzt hinterher. Fiona sprang in den Lift und fuhr hinab. Kaum draußen auf der Straße, streifte sie der Schatten des sich gerade im Landeanflug befindenden Adalbert Richter mit dem jauchzenden Dr. Johnson. Fiona duckte sich und mischte sich unter die Passanten, um unentdeckt zu entkommen. Ja, sie wollte frei sein. Endlich!

Sie war alt genug und sogar jung genug dazu, es allein zu versuchen. Nichts wie weg, dachte sie und versenkte ihre Hand in der Manteltasche, wo sie Adalberts Geldbörse fand, prall gefüllt mit großen Scheinen und mit ein paar Kreditkarten bestückt. In der Aida am Praterstern begann sie auf einer Serviette die Unterschrift ihres Gönners zu üben. Der starke Kaffee, das viele

Geld und ihre neu gewonnene Freiheit versetzten sie in Hochstimmung.

Warum noch in Wien bleiben? Wenn sie die Stadt verließe, wäre der Bruch mit der Vergangenheit sauber und glatt. Sie überlegte, dachte an Städte, von denen sie schon schwärmen gehört hatte: Barcelona, Boston, Kiew. Nein, das waren Barbiestädte, und davon hatte sie genug. Lieber was Unbekanntes wie Riga, Sibiu, Adana.

Aber ob sie da in ihrer weiblichen Schönheit nicht noch mehr hervorstechen würde?

Also eine Mischung, etwas wie Eisenstadt, Lyon oder Prag.

Nach einem weiteren Schluck Aidakaffee entschied sie sich für Prag.

Dort konnte man noch investieren, und die Infrastruktur war bereits amerikanisiert. Die Stadt wimmelte nur so von reichen Absolventen amerikanischer Eliteuniversitäten auf Auslandsabenteuer. Und zu erzählen hatten die ja auch was. Außerdem war Prag nicht zu weit von Wien, falls es nochmals nötig sein sollte, Adalbert oder den Geldzwerg anzuzapfen. Und eine unbeglichene Rechnung mit Dr. Johnsohn hatte Fiona auch.

Sie beschloss, ab nun nur mehr an ihre glorreiche Zukunft zu denken.

Übers Handy buchte sie einen Flug und begab sich zur S-Bahn. Als sie auf dem Bahnsteig wartete, sah sie auf der Anzeigetafel das Wort Kierling in gelben Lettern leuchten.

6 Sie starrte auf die Lettern,

und dieses Wort Kierling zog sie in den Bann. Sie wollte zum Flughafen, um bequem nach Prag zu fliegen, und nun leuchteten die Lettern dieses seltsamen Wortes in ihr Gehirn wie eine Botschaft. Fiona war total fasziniert. Kierling. Was zum Teufel bedeutete Kierling? Gewiss, Kierling bezeichnet eine Örtlichkeit unweit von Wien. Doch was war es, das sie nach Kierling zog? Der Ortsname schien so vertraut, dass sie eine Landschaft visionierte, sanft hügelig, im Frühsommerlicht und mit Vogelgezwitscher. Ein Vorhang wehte in einem Fensterrahmen. Dahinter war ein Bett in einem karg eingerichteten kleinen Zimmer. Was sah Fiona? Noch nie in ihrem Leben, soweit die künstliche Frau es überblicken konnte, war sie je in Kierling gewesen, noch hatte sie je von Kierling gehört. Etwas in ihr aber sagte: Kierling, auf nach Kierling! Ja, auf nach Kierling!

Fiona schüttelte den Kopf über sich selber und ihren Entschluss, doch nicht nach Prag zu fliegen. Sie würde das Ticket verfallen lassen.

Kaum hatte sie diesen Gedanken zu Ende gedacht, trat ein junger Mann an sie heran, mit einem Plan in der Hand. Er war Japaner. Ein Mann in den besten Jahren. Schlank, ungewöhnlich groß für einen Japaner, feine Gesichtszüge und ein unglaublich glatter Teint.

Kierling? Fragte er und tippte dazu mit dem Finger auf der Orientierungskarte herum. Kierling? Wiederholte er.

Fiona verstand auf Anhieb, dass dieser Mann kein Deutsch sprach und nun wissen wollte, wo auf dem Plan sich Kierling befinde. Auch Englisch fiel ihm schwer.

Also antwortete Fiona auf Japanisch: Ja, hier geht es nach Kierling. Und hier ist Kierling.

Zielsicher tippte sie auf den Ort, der winzig klein als Pünktchen auf der Landkarte eingetragen war. Fiona staunte über diese Punktgenauigkeit. Und sie staunte auch über ihre neue Sprache. Sie erschrak regelrecht, wie leicht ihr Japanisch über die Lippen kam. Sie sprach es auf muttersprachlichem Niveau. Selbst der Japaner war baff und erkundigte sich, ob sie Japanerin sei, obwohl Fiona blond, weißhäutig, blauäugig und wirklich groß war. Sie sah wie eine Skandinavierin aus und sicher nicht wie eine Japanerin. Fiona verstummte.

Welche Sprachen beherrschte sie denn noch? Welche Fähigkeiten waren ihr noch gegeben? Fragte sie sich selbst. Und was sollte sie nun dem Japaner antworten? Sie wusste nicht, wo sie aufgewachsen war. Sie wusste nicht, wer ihre Eltern waren. Sie wusste nur, dass Dr. Johnson Schuld hatte. An allem. Aber was war das Alles?

Fragen über Fragen, die Fiona ratlos machten. Und was nützte es, Japanisch zu beherrschen, wenn auch diese Sprache ihr keinen Rat in den Mund legte. Der Japaner verneigte sich und stellte sich vor. Er hieß Yoshi.

Er ließ Fiona Zeit, bis sie zu sich kam und Worte fand.

Kierling, sagte Fiona kleinlaut und hörte sich ihre japanische Aussprache an. Kierling liegt in der Nachbarschaft von Wien. Dort ist es grün.Der Japaner freute sich, dass er sich in seiner Muttersprache unterhalten konnte. Fahren Sie auch nach Kierling? Fragte er.

Fiona nickte. Es war also entschieden.

Der gut aussehende Japaner lächelte und machte eine kleine Verbeugung.

Wissen Sie, ich habe in Tokio Marcuse studiert und bewundere diesen Philosophen ungemein.

Fiona zuckte mit den Schultern, denn Dr. Johnson hatte ihr von diesem Genie nie erzählt. Sie fühlte sich blöd. Der Japaner aber war hungrig, und weil er glaubte, dass in Wien auch alles so wie in seinem Land funktionierte, machte er kehrt und ging ins Bahnhofsgebäude, um sich eine Tasche voller Leckereien für die Fahrt nach Kierling zu besorgen.

Rückwärts bewegte er sich die Treppe hinunter, Fiona weiterhin zulächelnd. Es galt als unhöflich, werten Personen den Rücken zuzukehren.

Als der Zug kurz danach einfuhr, war Yoshi nicht wiedergekehrt. Fiona stieg kurzerhand ein und beobachtete von ihrem Fensterplatz das Vorbeigleiten des Bahnhofsgebäudes, warf einen letzten Blick auf die

Aida an der Praterkreuzung und war ein wenig traurig, dass sie ohne Reisegefährten war. Und vor allem ohne Proviant. Sie wusste ja nicht, wie weit man in dieses unbekannte Kierling fuhr. Hatte der Ort etwas mit Marcuse zu tun? Oder befand sich dort eine für japanische Studenten wesentliche Sehenswürdigkeit?

7 Irgendwas mit Mozart oder Musik?

Musik? Fragte eine Stimme mit Akzent neben ihr. Sie wandte sich um, und schon begann eine waschechte Roma-Band vor ihr die Instrumente zu bedienen: Das Saxofon schepperte, das Akkordeon brummte, und das Mädchen sang, stampfte mit ihren Füßen den Rhythmus, hielt Fiona einen Plastikbecher vors Gesicht.

Die aber konnte sich mit einem Mal wieder nicht rühren. Ja, je wilder die Balkanklänge durch den Waggon fetzten, desto beklemmender wurde Fionas Zustand. In ihren Gedanken flog sie nahezu durch die karpatischen Höhen, auf und nieder, die grünen Hügel hinab und hinauf, bis sie wieder landete.

Ein wolliges Schaf stand draußen auf der Weide, und sein Anblick rührte Fiona.

Was für ein unschuldiges und würdevolles Tier, dachte sie. Wer hat es wohl geschaffen?

Da sah sie einen Mann am Rande der Weide daherhetzen. Er schien zu winken, warf beide Arme in die Luft und stürmte über die Wiese in einem Affentempo. Fiona schloss die Augen, um sich keiner Sinnestäuschung hinzugeben. Aber die Lider schlossen sich nicht.

Sie war gezwungen wahrzunehmen, was unmöglich Wirklichkeit sein konnte. Der Mann kam näher und näher, seine spinnenlangen Beine trugen ihn über die Weide in wenigen Schritten heran. Es war Yoshi. Aus seinen Sakkotaschen quoll Zuckerwerk. Er lief nun neben Fionas Fenster einher. Hielt die Geschwindigkeit des Zuges und deutete ihr, das Fenster zu öffnen.

Fiona saß aber wie gelähmt und war unfähig zur geringsten Bewegung. Die Roma-

Band spielte und das Mädchen mit dem Plastikbecher stampfte den Rhythmus, der dem rhythmischen Rattern des Zuges und dem rhythmisch Schritt haltenden Yoshi entsprach. Fiona spürte im gleichen Takt ein leises und dann immer lauter werdendes Pochen in ihrem Herzen, das durch ihren Körper wanderte, ihre klammen Finger erweckte und ihre Hand mit einem Mal zum Fenster hinschnellen ließ, um es aufzureißen.

Aber leider konnte man in einem Lokalzug neueren Baujahrs die Fenster nicht mehr händisch öffnen, es sei denn, man pflückte den kleinen Hammer neben der Scheibe aus seiner Verankerung und schlug damit exakt auf ein rot markiertes Feld in der linken oberen Ecke des Fensters.

Fiona zögerte. Da trat das Romamädchen rasch heran, zertrümmerte die Scheibe, und mit einem Ruck hechtete Yoshi herein, direkt auf die Sitzbank neben Fiona.

Die Roma-Band applaudierte, und Yoshi schüttete einen Haufen Kleingeld in den Plastikbecher des Mädchens. Mit einem Mal verstummten die Instrumente. Sie hatten ihre Schuldigkeit getan, und ihre Spieler zogen in den nächsten Waggon.

Es zog ziemlich durch das offene Fenster, aber Yoshi räumte das Zuckerwerk vorübergehend auf Fionas Schoß, zog an ein paar Reißverschlüssen seiner gepolsterten Umhängetasche, und flugs wurde sie zu einer wärmenden flauschigen Decke. Es gibt nichts, was einen reisenden Japaner überraschen kann! Er ist immer entsprechend ausgerüstet, flink verwandelbar und trageleicht, nicht wie die behäbigen Europäer.

Fiona staunte, und weil das Pochen in ihr Herz zurückgekehrt war, schmiegte sie sich vorerst an den muskulösen Yoshi, der ihr immer wieder ein Bonbon in den Mund steckte, sodass sie gar nicht sprechen musste.

Sie wusste nicht, wie ihr geschah: Sie befand sich mit einem Fremden unter einer Decke, unterwegs zu einem unbekannten Ort. Wenn das kein Neuanfang ist, dachte es in Fionas Gehirn, und genau darin bestand das Problem.

8 Adalbert Richter und Dr. Johnson

betraten die Wohnung. Sie war ziemlich verwüstet. Auf dem Boden lagen zerfetzte Geldscheine, die Barhocker waren umgeworfen, der Glastisch zerbrochen. Richter rief besorgt nach Fiona. Keine Antwort. Er durchsuchte Zimmer für Zimmer. Nichts. Von Fiona fehlte jede Spur.

Seine Fußspitze stieß gegen etwas Spielzeugähnliches. Ein Glöckchen kullerte über den Boden. Johnson hob es auf und musterte das Glöckchen.

Was mag das sein? Fragte Richter.

Das stammt ja aus dem 21. Jahrhundert, sagte er.

Die beiden Männer beugten sich darüber und untersuchten den Gegenstand.

Vielleicht gehört es einem Kind? Sagte Richter, und sein Herz klopfte stark.

Wer weiß, was Fiona geschehen war. Er hatte viel für sie bezahlt. Und nun? Er beschloss, die Kripo anzurufen. Suchte sein Handy. Es musste im Mantel stecken.

Wo war sein Mantel hin? Die Garderobe war leer geräumt. Fiona musste seinen Mantel mitgenommen haben, oder der, der Fiona geraubt hatte. Richter bat Dr. Johnson, auf ihn zu warten, er komme gleich wieder, müsse nur mal zur Polizeiwachstube.

Auf der Wachstube empfing ihn eine junge Polizistin. Sie hörte ihm geduldig zu. Verstand ihn jedoch nicht. Meinte bloß, dass es ganz normal sei, wenn Frauen ihre Männer verlassen.

Bliebe Fiona die nächsten Tage verschwunden, wäre die Polizei erst ermächtigt einzuschreiten und eine Fahndung nach der Vermissten einzuleiten. Richter griff in die Hosentasche und legte ein Bündel Geldscheine auf den Tisch. Die Polizistin sah sich kurz um und griff ungeniert nach dem Bündel, bereit, Adalbert Richter zu helfen. Sie ließ in den Krankenhäusern und Bahnhöfen und Flughäfen nach Fiona forschen. Auf dem Bahnhof, wo Fiona in den Zug nach Kierling eingestiegen war, konnte man sich an Fiona erinnern, aber nur, dass sie auf dem Bahnsteig zum Flughafen gewartet zu haben schien. Ihr spontaner Entschluss, nach Kierling zu fahren, hatte sie verschwinden lassen. Spontaneität macht gewissermaßen unsichtbar. Niemand konnte nachvollziehen, dass sie den Bahnsteig gewechselt hatte, um nach Kierling abzureisen.

Die Polizistin rief sogar noch beim Flughafen an und ließ sich bestätigen, dass Fiona ein Ticket nach Prag bestellt hatte.

Adalbert Richter genügte diese Information, und er flog rasend schnell zurück zu Dr. Johnson ins Apartment.

Wir müssen nach Prag, sagte er und lief ins Umkleidezimmer, um für Dr. Johnson einen Superman-Anzug zu holen.

Johnson kam sich zu dick für diesen eng anliegenden Anzug vor. Trotz schlechter Kost in der Haft hatte er ungemein zugenommen. Er empfand seinen Körper als unerotisch und verlangte nach einer stattlicheren Kleidung.

Richter sah auf die Uhr und meinte, die Zeit sei fast um, Fionas Wahrnehmungsveränderung werde in wenigen Stunden stattfinden, und Johnson solle keine Faxen machen. Er habe sehr viel Geld für Fiona bezahlt, und nun solle wegen Johnsons Eitelkeit alles verloren sein?

Er zwang den fettleibigen Mann aufs Fensterbrett, nahm ihn bei der Hand, und so schafften sie den gemeinsamen Absprung. Richter beschleunigte, sah gleichzeitig auf den Sekundenzeiger der Uhr, der unheimlich zu rasen schien. Dr. Johnson neben ihm schnaufte und sackte immer wieder ab.

Der Motor schafft das nicht. Sie sind wirklich zu dick! Rief er dem Hemmschuh, den Dr. Johnson nun für ihn darstellte, zu und ließ seine Hand los. Johnson verlor an Höhe, torkelte.

Aber Richters Mission verlangte volle Konzentration voraus.

Nehmen Sie den Zug, verehrter Doktor, und kommen Sie nach! Ich erledige inzwischen das Gröbste! Rief er dem Punkt über der Landschaft nach, zu dem der Abstürzende wurde.

9 Nach ein paar Schwüngen sah Richter

die Türmchen von Prag sich in der Ferne abzeichnen.

Endlich, seufzte er erleichtert. Ich komme, meine Liebste, dich zu retten! Schmetterte er durch die abgasverseuchte Luft, die immer dicker und zäher wurde, je näher Adalbert dem Zentrum kam.

Ach, die frische Brise meiner böhmischen Wälder! Gestattete er sich noch zu juchzen, bevor er behutsam auf dem Vorplatz zum Hradschin landete. Er hatte vor, seinen alten Duzfreund Havel nach Fionas Verbleib zu fragen. Der Präsident konnte ihm auf diese Weise den gesamten Staatsapparat zur Verfügung stellen. Aufgeschlossen gegenüber neuen Unternehmungen war Havel ja.

Während Fiona in diesem Moment Hand in Hand mit Yoshi die Anhöhe zum Kirchlein von Kierling emporspazierte, konsultierte Dr. Johnson inzwischen den in seine Handfläche eingebauten Kompass und betätigte dann das in die zweite Hand eingelassene Mobiltelefon, um sich einen Transport nach Prag zu besorgen. Vergeblich.

Seine Fettwülste hatten ihn beim Aufprall vor Knochenbrüchen bewahrt, und er wusste nun auch nicht weiter, als fürs Erste den Bus zum nächstgelegenen Bahnhof zu nehmen. So schleppte er sich zur Haltestelle, die in Sichtweite seines Landeplatzes, am Rande eines Kartoffelfeldes lag.

Johnson verfluchte sein Körpergewicht, das nun, auf der Erde, sich zu einer elenden Last auswuchs, als hätte sich durch den Aufprall sein spezifisches Gewicht erhöht. Er kam kaum vom Fleck. Dabei lag die Bushaltestelle so nah. Und von weitem hörte er schon das Knattern des Busses, noch bevor dieser am Horizont auftauchte und heranfuhr. Dr. Johnson wollte sich in Bewegung setzen und zur Bushaltestelle eilen. Aber er wurde von Schritt zu Schritt langsamer, und die Beine wurden schwerer und schwerer. Sein Blut verwandelte sich in flüssiges Eisen, und das Magnetfeld der Erde zwang Dr. Johnson zum Stillstand.

Johnson trat der Schweiß auf die Stirn. Er öffnete den Reißverschluss seines Superman-Anzuges, um frische Luft an den Körper zu lassen.

Die Brise bot keine Erleichterung oder Erfrischung. Als trüge er zentnerschwere Taschen eng an den Körper geschnallt.

Unter größter Anstrengung ächzend hob Johnson das rechte Bein und setzte den Fuß auf die Erde, um wiederum ächzend das linke Bein anzuheben und zum nächsten Schritt anzusetzen. Die Bushaltestelle war zum Greifen nah. Doch war es Johnson unmöglich, den Bus rechtzeitig zu erreichen.

Er winkte lahm und deutete dem Busfahrer, anzuhalten und ihn mitzunehmen. Der Chauffeur schenkte ihm jedoch keine Aufmerksamkeit, konnte sein Winken nicht sehen.

Johnson war starr wie eine Vogelscheuche, ein ausgestopfter Superman. Der Buschauffeur fuhr dran vorbei.

Johnson seufzte, seine Arme sanken. Er wurde schwerer und schwerer, sein Gewicht nahm auf dem Stand zu. Was für ein unerforschliches Wunder das Universum und seine Gesetze für den Menschen darstellten, dachte Dr. Johnson in einem Anflug von kosmischer Verbundenheit. Er verzieh dem Chauffeur, ihn nicht wahrgenommen zu haben. Und er war deprimiert, so einsam zu sein.

Woher stammte denn sonst seine Schwere? Für Kleingeister wäre sie als eine Folge innerer Leere zu erklären. Doch Johnson dachte an eine quantenphysikalische Störung, nicht an eine gewöhnlich affektive.

Vielleicht trug er diese neue unsichtbare Fußfessel, die die forensische Medizin entwickelt hatte. Schließlich war Johnson lange genug in Haft gewesen, um einmal im Schlaf überwältigt und unbemerkt mit diesem speziellen Serum geimpft worden zu sein.

Johnson versuchte sich an das schlechte Essen in der Haft zu erinnern. Er hatte kaum etwas von diesem Fraß zu sich genommen, und trotzdem war er fett geworden. Wer weiß, womit man ihn wirklich gefüttert hatte? Welche Diät bestimmt heutzutage das Gesetz oder umgekehrt?

Man haftet mit Schwerkraft. Eigentlich hatte Dr. Johnson sich immer als Bezwinger der Naturgesetze begriffen. Er spürte, wie im Zuge dieser Erinnerung an seinen wissenschaftlichen Geist auch die Dichte seiner kognitiven Kräfte zunahm und er zu einem Gedankensprung ansetzte, just in einem Augenblick körperlicher Unbeweglichkeit. Selbst die ausgeschütteten Nukleide aus den Synapsen blieben bewegungslos im Synapsenspalt stecken.

Die Anziehungskraft der Erde ist mein Untergang, dachte Johnson.

Auch egal, sagte er sich gleich darauf. Richter würde Fiona finden und sie zu ihm bringen. Sie würde seine basalen Gelüste wecken. Johnson würde die Befruchtung vornehmen, vielleicht sogar hier, an der Bushaltestelle. Wenn er sich nicht mehr fortbewegte, dann soll eben Fiona zur Fortpflanzung zu ihm bewegt werden. Das ist mal etwas anderes, dachte Dr. Johnson und wartete auf der einsamen Straße an der einsamen Bushaltestelle. Auf der kleinen Tafel im Wartehäuschen waren die Ankunfts- und Abfahrtszeiten des Busses zu lesen.

Dr. Johnson war aber zu weit weg, um die Uhrzeiten zu entziffern. Seine implantierten Handgeräte waren ausgefallen, die Uhr stehen geblieben, der Kompass zeigte nur auf North by Northwest.

10 Inzwischen war Richter in Prag

gelandet. Vor dem Hradschin. Der Justizminister stand vor der Tür und verwehrte Richter den Zutritt. Richter sprach tschechisch, deutsch, englisch und so weiter. Aber der Justizminister schüttelte wie ein vertrottelter Wächter das Haupt und sagte, viele Leute wollten zum Präsidenten und erhofften sich Hilfe von ihm.

Der ganze Staatsapparat soll für jeden einzelnen Hilfe Suchenden funktionieren, wie soll das in der Realität gelingen? Klagte der Minister.

In unserer Stadt gibt es ausschließlich Hilfe Suchende, könnte man meinen. Und jeder glaubt, er habe ein Recht auf alle Hilfe. Nein, so kann das nicht weitergehen!

Richter wiederholte seinen Namen, erklärte in eindringlichen Worten, dass er kein gewöhnlich einfacher Mann vom Lande sei, sondern ein Urheberrechtler, der mit Havel befreundet sei. Man möge ihn gefälligst einlassen. Der Justizminister hob das Kinn und stieß ein missbilligendes Grunzen aus.

Ich verstehe Sie nicht, sagte er nur und behandelte Richter zutiefst abweisend, hob die rechte Hand und machte eine Geste, als wollte er lästige Fliegen vertreiben, trat sogar mit dem Fuß nach ihm, wie nach einem Käfer.

Richter hatte die Schnauze voll vom Justizminister und erhob sich mit einem Ruck in die Lüfte. Wenn er sich doch nur erinnern könnte, wo sich das Büro von Václav befand! Er beschloss, eine kurze Runde um den Hradschin zu fliegen, um dessen Standort auszukundschaften, aber er hatte nicht mit dem Ehrgeiz des Justizministers gerechnet, der mit einem Expresslift auf das Dach gesaust war und soeben den waffenbestückten Helikopter bestieg, um den Eindringling ein für allemal zu beseitigen.

Gott sei Dank hatte Adalbert die Situation rasch erfasst und stürzte sich von oben auf den Hubschrauber und verdrehte dessen Propeller mit den übermenschlichen Kräften, die ihm zur Verfügung standen, immer wenn die Menschheit durch Böses bedroht schien. Und dieser Justizminister war einer von der üblen Sorte. Das spürte Adalbert in seiner Magengrube. Er zerrte den wütenden Anzugträger aus der Helikopterkabine, hielt seine Finger um dessen Hals und versuchte Havels Versteck aus ihm herauszuwürgen. Und bevor ihm die Augen ganz aus dem Schädel sprangen, rang der Justizheini kurz nach Luft und ächzte: Der Chef ist im Böhmerwald, im Adalbert, Adalbert, Stifterhaus.

Da ließ Richter den bösen Gesellen fallen, mitten in die verbogenen Propellerblätter hinein und schwang sich auf und davon. Auf Wiedersehen, schönes Prag!

11 Anscheinend zog es Havel

mittlerweile vor, sein Volk von einer Außenposition zu regieren. Die Waldluft tat dem Präsidenten nach seiner gravierenden Lungenkrebserkrankung gut, und Adalbert war es recht, nun endlich ins Stammhaus seines Namensvorbildes zu kommen. Von Kind auf hatte ihm seine Mutter die Schriften des Dichters ans Herz gelegt, hatte ihm die Lieblingsspeisen des Mannes nachgekocht, um Adalbert zu einem gebildeten Menschen heranzuziehen. Richter aber hatte sich schließlich zum Entsetzen seiner Mutter, die wertvolle Menschlichkeit und Philosophie von ihm erwartet hatte, dem Urheberrecht zugewandt und war dieser faszinierenden Materie verfallen. Schließlich musste ein Mann sich fortentwickeln von den mütterlichen Vorstellungen. Woher allerdings seine übermenschlichen Kräfte angesichts der Gefahr kamen, war ihm nie klar gewesen. Er hielt dies sogar vor seiner Mutter geheim, um nicht als missraten zu gelten. So trägt denn jeder seine Last, dachte Richter, als er sich den schwungvollen Kuppen der Tannenwälder näherte. Kurz kam ihm Dr. Johnson in den Sinn. Dem Armen war auch übel mitgespielt worden im Gefängnis. Diese neue Methode, Häftlinge mittels eines injizierten Astronautensyndroms dingfest zu machen, begann mittlerweile wahrscheinlich zu wirken.

Das Astronautensyndrom, der Name geht zurück auf die Anpassungsschwierigkeiten der Weltraumreisenden, die bei der Rückkehr wieder der Schwerkraft der Erde verfallen, hatte Dr. Johnson sicher schon bewegungsunfähig gemacht.

Na ja, er würde ihn schon wiederfinden. Adalbert, als Verteidiger, besaß schließlich den Peilcode, der jedem Häftling hinters

Ohr gepflanzt wird, um ihn jederzeit orten zu können. Und der arme Dr. Johnson war als Fertilisationsexperte so spezialisiert, dass er andere Entwicklungen in der Menschenmaterialverbesserung gar nicht mitbekommen hatte.

Adalbert gestattete sich ein kurzes intensives Fühlen nach Fiona. Wo konnte sie sein? Hatte sie vielleicht schon in einem hübschen Boutique-Hotel eingecheckt? War sie gerade dabei, ein Bad einzulassen?

Frischer Tannenduft stieg über den Wipfeln des Böhmerwaldes in Adalberts Nase. Nahm Fiona vielleicht gerade ein Fichtennadelschaumbad? Er stach in die flauschig flockigen Wolken, wie durch Schaumkronen, und fühlte sich wie neugeboren, schön, klug, jung, aber nicht weiblich, als die Klänge einer Harfe sein Ohr erreichten mit lieblichem Gesang, als spiele da ein Orpheus seine Weisen auf der Lyra, um Adalbert von der Oberwelt hinabzuführen auf den Boden der Realität.

Adalbert ortete mit seinem Ultraschallgehör die Quelle. Er kreiste um die Wipfel der nächsten Lichtung und lauschte. Als die Klänge immer lauter wurden, sah er schon mit seinen Infrarotaugen die tumoroperierte, vernarbte Lunge Havels rötlich schimmern im Grün des Böhmerwaldes. Zwei rote Lungenflügel in einem menschlich blassen Präsidentenkörper, der auf einem Felsen saß und herzhaft atmete.

Havel war berühmt für seinen langen Atem, denn sonst hätte er die Jahre der Haft nicht überlebt, die ihm das alte Regime beschert hatte.

Wie Ballone schwollen seine Lungenflügel an, wenn er kräftig Luft holte, und sie schrumpften, wenn er wieder ausatmete. Ein dünner Pfiff, der zu einem kräftigen Ton anschwoll und in melodischem Abklang seinen sinnlichen Lippen entströmte, bezauberte selbst die Singvögel des Böhmerwaldes. Adalbert stieß einen Jauchzer aus und legte den Sturzflugkurs ein. Er schleuderte den Kopf in den Nacken, presste die Arme und Hände an den Körper, schoss pfeilgerade auf die Erde zu, wo …

12 Fiona saß neben Yoshi auf der Holzbank.

Die alte starke Kirchenmauer ragte hinter ihnen auf, und vor ihren Augen breitete sich das Tal aus.

Kierling hatte das Zeug zu einem romantischen Treffpunkt. Fiona spürte in ihrem Körper ein eigenartiges Sich-Regen und -Bewegen, als komme etwas durch ihren Magen und ihre Gedärme gekrochen. Das Ding drückte sich in furchtbar lautem Grollen aus und schreckte Yoshi, der sich gerade entschlossen hatte, die Taille Fionas zu umfangen, von seinem Vorhaben ab. Er wusste so wenig darüber, wie die Frauen des Westens anzufassen seien, damit sie vor Männern dahinschmelzen wie vergorene Bohnenpaste. Und er wusste vor allem nicht, dass Fiona darüber gar nichts wusste. Denn Romanzen hatte ihr Schöpfer nicht vorgesehen, als er sie so kunstvoll konstruierte, dass kein Mensch mit freiem Auge erkennen konnte, was dieses Wesen tatsächlich war.

Das Grollen in Fionas Bauch wiederholte sich. Yoshi lächelte sie an und nickte bestätigend. Er hatte verstanden, was nun nötig war, und freute sich, dass neben viel Verwirrendem auch internationale Zeichen der Körpersprache existierten, die eine Kommunikation über alle Ländergrenzen ermöglichten. Und er war vorbereitet:

Aus seiner Umhängetasche holte er eine sich selbst erhitzende Kochplatte, legte sie sorgfältig ins Gras. Faltete einen Blechtopf über die rötlichen Heizschlangen, leerte den Inhalt einer mit japanischen Schriftzeichen beschriebenen Tüte hinein, öffnete eine kleine Flasche, vermischte die Flüssigkeit mit trockenen graubraunen Brocken und hatte in Windeseile eine kleine Kraftsuppe erzeugt, die er Fiona mit einer kleinen Verbeugung reichte.

Dankbar schlürfte Fiona die exotische Speise. Der Geschmack von Miso zog in sie ein und versetzte sie in eigenartige Erregung. Sie konnte nicht mehr aufhören, immer wieder ihren Mund zu öffnen und die Flüssigkeit in sich zu saugen. Was war denn das wieder für ein Zaubertrank? Irgendwie schien sie nicht geschaffen dafür, Menschennahrung aufzunehmen.

Jedes Mal wenn sie sich ihrer Umgebung durch Essen angleichen wollte, geschahen unerklärliche Dinge. Denn jetzt tauchten Kirchtürme vor ihr auf, eine kurze, enge Gasse, ein riesiger jüdischer Friedhof, ein Schloss mit einer aufwendig bemalten Fassade, und sie murmelte ein Wort, immer wieder dasselbe Wort: Libuše, Libuše, Libuše.

Yoshi war nun doch etwas besorgt über die Wirkung seiner Suppe und beäugte misstrauisch das Gebräu.

Er korrigierte Fiona: Marcuse, Marcuse, Marcuse.

Fionas Mund formulierte weiterhin: Libuše, Libuše, Libuše.

Yoshi verstand das Wort nicht. Aber er erkannte, dass es der Kirchturm von Kierling war, den Fiona fixierte. Dohlen flogen krächzend um das Gemäuer, zogen kurze Kreise. Das Rumoren in Fionas Eingeweiden klang wie eine Antwort. Fiona legte die linke Hand auf ihren geblähten Bauch und zeigte fasziniert auf die Dohlen. Yoshi kramte in seiner Tasche und zog ein zusammengeklapptes Gestänge heraus. Er löste die Haken, und ein Vogelkäfig richtete sich auf. Da ließ Fiona leise, aber doch deutlich einen Furz hören. Schlechte Gefühle flammten in ihr auf. Sie schämte sich für ihren körperlichen Ausdruck. Sie erblickte den Käfig und wurde plötzlich wütend. Sie riss den Vogelkäfig an sich, schleuderte ihn auf den

Boden vor Yoshis Füße und trampelte auf dem filigranen Käfig herum, bis die Stäbe vollends verbogen waren.

Idiot! Sagte sie. Begreifst du gar nichts?

Yoshi war sprachlos. Er packte nur die Umhängetasche, kramte darin herum, zog einen Blumenstrauß heraus und eilte seiner Fiona nach. Er wollte sie doch nicht verlieren.

Fiona, angetrieben von den kleinen Explosionen ihres Darmes, raste durch Kierling. Der Antrieb ermöglichte es ihr, in immer größer werdenden Sätzen Vorsprung zu gewinnen, und Yoshi musste ihr hinterherhecheln. Doch nichts konnte ihn davon abhalten, ihr auf der Spur zu bleiben. Dass Fiona überhaupt furzte, war ein technisches Wunder, welches Dr. Johnson in höchste Verzückung über seine Schöpfung versetzt hätte, hätte er nur davon erfahren. Der Stoffwechsel bildet Gase, Vitalitätsbeweise, auf die sich jeder Mensch beziehen kann, selbst berühmteste Philosophen, die bei aller Subversion nach klaren Strukturen im Leben suchen.

13 Fiona erreichte den Ortsrand von Kierling, wo

ein dramatisch dunkelrotes unprätentiös gestaltetes Gebäude mit klar gegliederter Fassade ins Auge stach. Nur im obersten Stock war ein Fenster offen, und ein Vorhang wehte lockend im lauen Sommerwind.

Von diesem Haus und diesem Fenster mit diesem leichten Vorhang aus dünner Gaze hatte Fiona einst geträumt.

Es war in der Wohnung Adalbert Richters gewesen, das wusste sie noch genau, froh darüber, ein wenig konkrete Vergangenheit zu haben und sich daran auch mühelos erinnern zu können. Sie wusste es aus dem Bauch heraus, dass sie in dieses Zimmer hinter diesem Fenster gelangen müsse. Sie wusste nur nicht, wozu. Noch nicht! Aber egal wie und wozu, sie verspürte ihr unstillbares Verlangen nach diesem Ort.

Zu allem entschlossen stand sie auf der Schwelle. Sie pochte an das beschlagene Tor. Fiona legte ihr Ohr an den Türleib.

Nach einer Weile hörte sie Schritte herannahen. Und kurz darauf dröhnte eine tiefe Stimme hohl und dunkel durch das Holz: Wer ist es, der Einlass begehrt?

Fiona antwortete: Ich bin es, Fiona!

Wieder dröhnte die Stimme: Wer ist es, der Einlass begehrt?

Fiona antwortete nun anders, wie aus dem Bauch heraus: Ich bin es, eine arme Sünderin!

Die Stimme aber fragte schon wieder: Wer ist es, der Einlass begehrt?

Und nun dachte Fiona nach: Ich bin es, Libuše Libuše, Libuše.

Da öffnete sich das Tor, und Fiona trat über die Schwelle.

Yoshi kam gerade in dem Augenblick hinzu, als das Tor mit einem schweren Klicken ins Schloss fiel.

Er versuchte wie Fiona mit einer Formel hineinzugelangen, indem er sein Codewort sprach: Marcuse, Marcuse, Marcuse.

Für ihn klang dieses Wort phonetisch genau so wie das von Fiona verwendete. Nicht aber für den Wachgeist des Eingangstores. Fiona verschwand derweilen im berühmten Zimmer, wo sie sich auf der Toilette entlud. Dann warf sie sich erleichtert aufs Bett und spürte mit ihren Händen dem Wogen und Biegen in ihrem Unterleib nach, versuchte die inneren Aufwallungen zu glätten.

Yoshi indessen gab nicht so leicht auf. Schließlich stammte er aus einer jahrhundertealten Ninja-Familie, deren männliche Mitglieder eine lange Serie von Heldentaten vorweisen konnten, in denen es schon schwierigere Hindernisse als eine simple, wenn auch massive Holztür gegeben hatte. Er setzte sich im Schneidersitz auf die Türmatte, schloss die Augen und begann zu meditieren.

Fiona drinnen wunderte sich über das Brummen draußen, Yoshi spulte alte Sprüche ab, mit denen er sich in Trance versetzte. Fiona wunderte sich aber auch über das Ziehen in ihrem Unterleib, das nicht aufhören wollte. Furzen half jetzt nichts mehr. Es bereiteten sich andere Wunderdinge in ihr vor, von denen ihr Schöpfer nicht geahnt hatte, dass sie möglich seien. Denn Fionas Vision von Kierling hatte sie in dieses Zimmer zu diesem Bett geführt, das nach allerbesten Feng-Shui-Prinzipien zur Förderung der weiblichen Fruchtbarkeit ausgerichtet worden war. Das Hotel konnte sich vor Reservierungsanfragen von fortpflanzungswilligen Paaren kaum retten. Es hatte einen hervorragenden Ruf, war aber immer Geheimtipp für Gynäkologen und deren Patientinnen geblieben.

Heute war Ruhetag. Doch in Fiona rumorten auch heute Kräfte, die nach einem heftigen Vollzug verlangten. Etwas fehlte noch. Fiona versuchte ihren Unterleib gemäß den Rhythmen, die von Yoshis Stimme ausgingen, zu heben und zu senken, konnte sich aber auf diese Weise keine Erleichterung verschaffen.

Yoshi war in den Versuchen, ins Haus einzudringen, inzwischen weit fortgeschritten, seine Körpermasse hatte sich fast gänzlich in gedankliche Moleküle aufgelöst, sodass er als flaches Muster seiner selbst auf dem Teppichboden lag, welches er unter anhaltendem Gemurmel durch die Türschlitze schieben konnte, um sich schließlich an Fionas Seite wieder zusammenzusetzen. In voller Größe und voller Manneskraft, die er nun allein Fiona widmen wollte.

Yoshi, seufzte diese. Endlich!

Mit einem Ruck zog er die Pluderhosen von seinem Körper und legte sich fürsorglich auf die erwartungsvolle Fiona.

Yoshi!
Fiona!
Yoshi!
Fiona!

Und sie fuhren fort. Und es gelang dem japanischen Marcuseschüler, seinen Samen in die pralle Fiona zu befördern. Und Spaß hatten sie dabei auch!

14 Und in diesem bedeutenden Moment des Vollzugs

begab sich Seltsames mit Dr. Johnson, Fionas Schöpfer, der vor sich hin dämmernd weiter an der Busstation auf Adalbert Richter wartete, um die geplante Fertilisation durchzuführen.

Da er nun nicht mehr gebraucht wurde, begannen die in seinem Körper angestauten Gase und Fette derart aufzuquellen, dass seine Haut immer ärger spannte und unter diesem Druck Risse bekam. Ein Zittern ging durch den schwabbeligen Körper, an dem Reste des Superman-Anzuges klebten. Und mit einem riesigen Krach, der den ganzen Böhmerwald erschütterte, zerplatzte das Wissenschaftlermonster, das Dr. Johnson gewesen war, in Tausende unappetitliche Einzelteile, die sich im Waldboden, in den Ästen der Bäume verfingen und fürchterlich zu stinken begannen.

Sogar Adalbert Richter nahm das Beben und den Geruch wahr. Ob er seinen Sturzflug unter diesen Umständen fortsetzen sollte?

Fleischfetzen flogen ihm um die Ohren, und Adalbert Richter erkannte in einem grinsend anmutenden, hautfarben teigigen vorbeirotierenden Fladen das Gesicht Dr. Johnsons. Johnson zwinkerte ihm noch in einem letzten Reflex Lebendigkeit zu, bevor er für alle Zeiten vom Erdboden verschwunden war und von einem Geier geschnappt und gefressen wurde. Gleichzeitig schloss Adalbert geschockt die Lider und übersah, dass er auf die Baumwipfel zuraste und sich in den Ästen verhedderte. Ihm wurde schwarz vor den Augen. Er fiel in Ohnmacht und von Ast zu Ast, Stockwerk für Stockwerk, die Astreihen abwärts, bis er auf dem moosigen Waldboden aufprallte.

Havel saß ungerührt auf dem Felsen daneben und atmete unbeirrt weiter, den Superman ins Auge fassend.

15 Fiona lag flach auf dem Bett in Kierling.

Sie spürte das Sticheln in ihren Eingeweiden, als Yoshis Spermien ihre Eizelle umschwärmten und ihr Köpfchen durch die Membran der Eizelle zu stoßen versuchten. Nach sekundenlangem Kampf gelang es dem ersten Samenzellchen, in die Eizelle einzudringen und mit dessen Kern zu verschmelzen. Kurz darauf machte es plops, und die Eizelle teilte sich in sanfter Detonation. Und immerzu plops, plops, plops, eine Kette von kleinen Detonationen erzeugend, bis sich ein Embryo aus dem Zellhaufen zu formieren begann, sich vom Fischchen zum Echsentierchen und weiter zum Menschen entwickelte und schließlich nur mehr wuchs und wuchs. In Fionas Bauch herrschte feuchtwarme Geborgenheit, die auch ein Mann wie Johnson sich gewünscht hätte. Er war zerplatzt wie ein schutzloser Astronaut im All, den das Mutterraumschiff ausgespuckt hatte, noch ehe er Fiona begatten konnte. Yoshi war der glückliche Vater. Er streichelte Fionas anschwellenden Bauch und legte auch sein Ohr an, um das Ungeborene akustisch zu erfassen.

Yoshi und Fiona hatten sich in Kierling gut eingelebt. Sie bewohnten das karg eingerichtete Zimmer. Und eines Nachts träumte Fiona von einem hübschen Mädchen, das einen Blumenstrauß ins Zimmer brachte. Im Traum lag ein Sterbender im Bett. Er keuchte und hustete und spuckte Blut. Da erwachte Fiona. Zutiefst erschrocken, dass sie die Sterbende sein könnte.

Schon wieder hörte sie sich Libuše sagen, aber nicht nur Libuše. Sie sagte auch Dora. Zwei bedeutungsvolle Frauennamen, das war klar. Yoshi lag im Tiefschlaf daneben.

Fiona legte die Hände auf den Bauch. Sie spürte, dass ihr Kind etwas Besonderes war, ein Wunder, das in ihrem Inneren zum Wohle der Menschheit wirkte. Die Schwangerschaft in Kierling zu verbringen war die beste Lösung, sagte ihr ein Gefühl. Fionas Bauch wuchs schnell, und es war eine Sturzgeburt zu erwarten. Yoshi hatte Verständnis und war bereit, länger als geplant in Kierling zu bleiben. Ob sie nun ein Mädchen oder einen Buben erwarteten? Yoshi hatte seinen Rucksack immer dabei, und der Rucksack enthielt allerlei Geräte. Auch ein Ultraschallgerät war darunter, doch sie verwendeten es nicht. Yoshi und Fiona hatten keine Lust, sich die Spannung zu verderben. Die Geburt würde anstrengend genug sein, dann sollte wenigstens das Geschlecht des Kindes eine Überraschung zur Belohnung darstellen.

Wir sind keine eindimensionalen Menschen, wir sind sowieso Mischwesen, sagte Fiona.

Yoshi war mit allem einverstanden. Er stritt mit ihr höchstens über den Namen – falls es sich um einen Jungen handeln würde: Franz oder Herbert; falls es sich um ein Mädchen handeln würde: Libuše oder Dora.

Die schwangere Fiona lenkte den Blick auf Yoshis Umhängetasche, die ständig in Reichweite seines Besitzers lag und unendliche Schätze barg.

Eines Abends, als Yoshi nach einer schwärmerischen Schilderung seiner Heimatregion Hokkaido eingeschlafen war, schlüpfte Fionas Hand wie nebenbei in die Tasche und holte Yoshis Handy heraus.

Das Gerät war in japanischen Schriftzeichen programmiert, sodass Fiona nicht einmal raten konnte, wer denn die Personen hinter den gespeicherten Zeichen waren.

Sie konnte Japanisch sprechen und verstehen, aber leider nicht lessen. (Dr. Johnson hatte sie darauf zu programmieren vergessen.) Sie drückte aufs Geratewohl die Tasten und ließ das Handy, das sich wie angegossen an ihre Ohrmuschel legte, fallen, als eine aufgeregte weibliche Stimme murmelte:

Moshi, moshi!

Schnell steckte Fiona das lärmende Gerät wieder in die Tasche zurück und drehte sich zur Seite, versuchte trotz ihres mächtigen Bauchs in den Schlaf zu finden. Aber die von Yoshi geschilderten schneebedeckten Berggipfel und verlassenen Landschaften Nordjapans stiegen vor ihr auf, und sie fürchtete, dass Yoshi eines Tages dorthin zurückkehren würde. Zu seiner Mutter und dem besten Eintopf der Welt. Und dass er Fiona mitnehmen wollte, nachdem sie die Mutter seines Kindes geworden war.

Da sie sich voll Sorgen neben dem Samenspender wälzte, beschloss sie, noch einmal das Mobiltelefon zu benützen. Wieder drückte sie die Tasten, und diesmal vernahm sie eine männliche Raucherstimme …

16 Ja, Havel hier.

Was ist los? Mitten in der Nacht?

Havel? Bist du es? Fragte Fiona nach.

Ja, sicher! Mir ist ziemlich kalt. Ich sitze im Böhmerwald und versuche meine verklebten Lungenflügel zu reparieren. Der Arzt hat mir nächtliche Ausflüge verordnet. Ab Mitternacht ist die Luft besonders heilsam.

Aber wie kommt es, dass Yoshi deine Nummer gespeichert hat? Wollte Fiona wissen.

Yoshi? Du meinst doch nicht etwa den japanischen Marcuseschüler?

Doch.

Der war vor ein paar Monaten zur Audienz bei mir. Am Tag der offenen Tür. Und hat mir ein neues Regierungsmodell vorgeschlagen. Er soll eine vierte Marcuse-Dimension entdeckt haben, war aber auf mein Nachfragen nicht fähig, sie mir auch zu beweisen. Obwohl es ja ausgezeichnet klang. Er wollte mir die nötige Technik zur Verfügung stellen. Aber das wäre sowieso viel zu teuer gewesen. Er war sehr enttäuscht, aber ich habe ihn zum nächsten Lou-Reed-Konzert nach Prag eingeladen. Und ich hoffe, du kommst auch! Wo bist du überhaupt?

Ich bin in Kierling, Havel, in einer ziemlich verzwickten Situation. Praktisch entführt von Yoshi und verführt sowieso.

Fiona duzte Havel. Dr. Johnson hatte ihr eine ausgezeichnete Bildung verschaffen wollen und hatte dem Mädchen eine Praktikumsstelle im Hradschin besorgt. Ihre Aufgabe war gewesen, Havel Tag und Nacht zu folgen und ihm die Zigaretten aus dem Mund zu nehmen, wann immer ihn die Sucht packte. Diese lebenserhaltende Tätigkeit hatte sie zusammengeschweißt. Darum war

Havel nun aufrichtig besorgt um Fiona. Er spürte, dass etwas nicht in Ordnung war.

Fiona piepste: Ich habe große Angst und starke Schmerzen.

Nimm's nicht so schwer, Baby, versuchte Havel sie zu trösten, das ist alles nichts gegen eine Entziehungskur.

Fiona wimmerte: Ich habe starkes Bauchweh! Kannst du nicht kommen?

Ihre Beharrlichkeit war egoistisch, und Havel antwortete barsch:

Du bist wohl bescheuert. Ich will doch nicht verrecken. Ich bleib schön hier im Böhmerwald.

Fiona hörte aber nicht auf zu flehen: Bitte, Havel, es ist mir so hundeelend neben diesem Japaner. Er träumt von Eintöpfen. Außerdem bin ich schwanger!

Da rief Havel: Eintöpfe? Schwanger? Junge oder Mädchen?

Fiona krümmte sich bereits vor schneidenden Schmerzen, den Wehen.

Havel sprang auf: Weck doch diesen Japaner! Er soll gefälligst Geburtshilfe leisten!

Fiona rüttelte an Yoshis Schulter. Aber er schlief tief, und nicht einmal die Spitzen der höchsten japanischen Berge kitzelten sein Bewusstsein. Es waren selbst die Träume suspendiert. Er würde die nächsten Stunden in dem komatösen Zustand versenkt bleiben. Fiona wühlte in seiner japanischen Umhängetasche, wusste jedoch nicht, wonach sie genau suchte, daher fand sie auch nichts Brauchbares. Sie dachte zwar an einen Wecker und zog dann sogleich einen Wecker bei den Alarmglocken heraus, aber Yoshi reagierte nicht auf das Gebimmel.

Havel hörte das Gebimmel deutlich durchs Handy in sein Ohr dringen. Er kapierte, dass Not am Mann war. Also gut, sagte er, sich umblickend und den kaputten Superman wieder ins Auge fassend, ich habe noch etwas zu erledigen, dann bin ich zur Stelle!

Fiona hauchte einen Dank ins Telefon und sank zurück in die fremden Federn des Feng-Shui-Hotels. Früher war es ein Krankenhaus gewesen, wo ein berühmter Dichter aus Prag gestorben war. Yoshi war begeistert gewesen, seine Freundin auf dem Sterbebett eines Berühmten befruchtet zu haben. Eines Abends hatte er sogar aus der japanischen Übersetzung zitiert, irgend so eine Geschichte mit Insekten. Fiona hatte ihn gebeten innezuhalten, wollte keine schlechten Einflüsse für den Embryo, der ja praktisch alles mithören konnte. Wahrscheinlich hatte das Baby auch den Wecker gehört und verlangte nun umso heftiger, Fionas Bauch zu verlassen.

Unterdessen schritt Havel über den weichen Waldboden auf den im Moos liegenden Superman zu. Er erkannte Adalbert Richter. Der Justizheini war ihm im Grunde immer schon unsympathisch gewesen. Diese blasierte Visage mit der Himmelfahrtsnase!

Er hatte Lust, ihn zu treten. Nur weil er sich einmal für Menschenrechte eingesetzt hatte, war der tschechische Präsident nicht unaggressiv. Außerdem war es nicht verzeihlich, dass Adalbert einen wegen Menschenhandels verurteilten Befruchtungsexperten verteidigt hatte.

Menschen sind keine Ware und kein Eigentum. Auch nicht, wenn sie ein Arzt geschaffen hat! Nur ein Urheberrechtler wie Adalbert Richter verteidigte aus Eigennutz auch Secondhand-Stücke als geistiges Eigentum. Er war ein Verfechter der Wiederholung, was ja jeder Laie am Superman-Anzug erkennen konnte.

Und wer schlüpfte schon in so einen Anzug? Nur ein epigonaler Irrer! Havel umkreiste Adalbert Richter, und weil er wie bewusstlos war, vielleicht auch tot, beugte sich Havel zu ihm hinab, tippte auf seine Wange. Auf seinen Brustkorb. Kitzelte ihn unterm Arm. Adalbert bewegte sich nicht und atmete auch nicht. Umso besser, dachte Havel und holte mit dem rechten Bein Schwung, trat ein paar Mal kräftig gegen Adalberts Brustkorb. Dann öffnete er schnurstracks den Zippverschluss, schälte den Corpus des Urheberrechtlers aus dem Anzug und schlüpfte selbst hinein. Da er noch nie einen Superman-Anzug getragen hatte, wusste er nicht, wie dieser funktionierte. Daher nahm er Anlauf, um wie einst Männer in ihren fliegenden Kisten in die Lüfte abzuheben. Ein Superman-Anzug funktioniert aber intelligenter. Nach ein paar Fehlversuchen probierte er mit seiner Konzentration noch einmal die Intelligenz im Gewebe des Anzugs zu aktivieren, um die Botenstoffe für den Start auszuschütten.

Havel spürte die Energie des Stoffes prickeln. Er kletterte schnell auf seinen Felsen, hob die Arme und presste die Handinnenflächen über dem Kopf zusammen. Dann konzentrierte er sich und sagte OOOOOOM, bevor die Botenstoffe den Countdown initialisierten.

Bei Zero riss ihn eine ungeheure Kraft mit Wucht vom Boden hoch, und er stach steil in die Lüfte wie eine Rakete. Über den Wipfeln neigte er sich in die Waagrechte und steuerte zielsicher auf Kierling zu, wo sich Fiona bereits in den Presswehen befand und Yoshi lieblos, wie leblos schlafend neben der Gebärenden lag.

17 Und Yoshi war in der Tat

ohne Leben.

Ein alter Spruch besagte, dass bei einer Geburt immer ein Mitglied der Familie stirbt, um Platz für das neue Lebewesen zu schaffen. Yoshi hatte sich mit dem Ausstoß seines Samens und der Sorge um die Trägerin seines Kindes so verausgabt, hatte all seine fürsorgliche Energie zum reibungslosen Funktionieren der Gebärmaschine Fiona verbraucht. Und diese hatte nichts ahnend beim Herumspielen mit dem japanischen Handy einen Kurzschluss in Yoshis Lebenspumpe verursacht.

Denn auch er war verkabelt gewesen, hatte sich aus übertriebener Höflichkeit aber nicht getraut, es Fiona zu gestehen. Obwohl sie ja die Einzige gewesen wäre, die eine gewisse technische Abhängigkeit verstanden hätte. Auf jeden Fall war sein Defekt irreparabel.

Tatsache war aber nun, dass Fiona gleichzeitig mit dem Herzstillstand Yoshis auch die Taste für sofortige Geburtseinleitung gedrückt hatte. Und bei einer Geburt gilt: Die Trägerin der Leibesfrucht zählt nicht, wichtig ist allein das frische Kind.

Fiona bekam es an ihrem Leib zu spüren, und mehr als das. Dr. Johnson war so fies gewesen, seinem Produkt Schmerzrezeptoren einzubauen, sodass sich die Geburt des neuen Wesens mit gehörigem Aufwand gestaltete.

Aber die Hebamme fehlte. Und das Blut. Normalerweise wird bei einer Geburt mütterliches Gewebe zerstört, die Hülle, in der das Ungeborene wohnte, zerplatzt, Schwälle von Flüssigkeit treten als Vorboten aus, bilden eine Art Rutschbahn, auf der der winzige Körper aus der Gebärmaschine flutscht oder mit einer überdimensionalen Zange am zarten Kopf festgezwickt und herausgezogen wird.

Fiona hatte es während Yoshis geistiger Abwesenheit zwar bis zu den Presswehen gebracht, aber da sie über keine Körperflüssigkeiten verfügte, steckte das Kind in ihr fest. Dr. Johnson hatte dieses wichtige Detail tatsächlich vergessen. Außerdem hatte er nie damit gerechnet, dass Fiona so schnell befruchtet werden würde, und für eine etwaige Geburt wäre ihm sein gesamter Maschinenpark zur Verfügung gestanden. Und nun war es dafür zu spät. Die Intelligenz des Erfinders in Tausende Stücke zerrissen, welche zwischen den Zweigen des Grenzwalds verfaulten.

Gott sei Dank hatte Havel auf die Hilfeschreie seiner ehemaligen Praktikantin reagiert und kniete nun im Superman-Anzug vor ihrem Schoß. Und weil er sich mit Geburten nun wirklich nicht auskannte, predigte er einfach, was ihn seine Nikotinentwöhnungstherapeutin gelehrt hatte:

Tief einatmen, tief ausatmen, tief einatmen, tief ausatmen.

Leider war das falsch. In den Presswehen sollte man zwar tief einatmen, dann aber mit flachem Atem ein paar Mal hecheln, bevor man zu drücken beginnt. Gar nicht so einfach, besonders wenn man wie Fiona nicht auf natürliche Impulse zurückgreifen konnte.

Aber Havel war von der Richtigkeit seiner Methode überzeugt. Schließlich war er vom Dissidenten zum Präsidenten geworden, das ist eine Leistung, die nur mit Glaubwürdigkeit zu erbringen ist. Plus die Entwöhnung, plus einen Krebs überstanden. Richtiger konnte man es in der Spanne eines menschlichen Lebens nicht treffen.

Er predigte also weiter: Tief einatmen, tief ausatmen.

Und Fiona presste, und weil es so wehtat, wollte sie, dass alles schnell vorbeiging.

Hecheln kam ihr hundemäßig vor, also nahm sie alle Kraft zusammen und drückte, drückte, drückte, und dann schoss das Baby heraus, direkt in Havels Arme.

Es schrie, es lebte, es war in der Welt.

Nur um Fionas Unterleib war es geschehen. Entsetzt blickte Havel auf die zerstörte Landschaft aus grob nachgebauten Gefäßen und Muskeln, Drähte hingen heraus und verzischten. Fionas Gebärbereich hing in Fetzen, ein wenig Rauch stieß aus ihrem Inneren.

Aber als gelernte Mutter richtete sich auf, beugte sich vor und wollte das Baby in den Arm nehmen.

Libuše, verlangte sie.

Havel jedoch war es unheimlich zumute, und er umfing das kreischende Bündel, presste es an seine Brust.

18 Fiona war ausrangiert, defekt,

alte Generation, Müll eigentlich. Havel wollte eine andere Mutter für das neugeborene Wesen. Etwas Natürliches, Unverbrauchtes. Er hatte die Schnauze voll vom Dissidenten-Dasein und Präsidentenleben mit kaputter Lunge. Genau wie vom Leben mit einer kaputten Frau. Er wollte neu anfangen, und die kleine Libuše gab ihm Hoffnung. Fiona langte nach dem Kind, doch Havel wandte sich ab und rannte weg. Als das Kind an seinem Superman-Emblem zu saugen begann, erwuchs dem Zeichen eine Titte. Havel legte das Kind auch auf der anderen Seite an, und so erwuchsen ihm zwei Brüste. Was Hormonschübe doch alles bewirken im richtigen Stoff!

Fionas defekte Eingeweide qualmten, sie brannte aus und verrauchte vor Havels Augen vollends. Ganz Kierling war in ihre Schwaden gehüllt.

Havel stillte in der Vernebelung geduldig das Kind und spürte, wie sein Pimmel sich rückverwandelte, als würde ein Schlund in seinem Bauchraum das männliche Organ einsaugen, bis es flutsch machte und der Penis sich nach innen stülpte und als Scheide verschwand. Havels Hüften schwollen an, sein Hintern wurde prall, sodas er es sich beim Stillen bequem machen konnte.

Sein Kopfhaar wuchs, der Bart fiel ab, und seine Taille schrumpfte, und als das Baby fertig gestillt war, war aus Havel eine wunderschöne Alleinerzieherin geworden.

Er selbst war ganz zufrieden mit seinem neuen Erscheinungsbild.

Wie sollte er sich ab nun nennen? Und worauf hatte er Lust? Havel entschied und nannte sich fortan MAJA. Und hatte Lust auf neue Kleider! Das war logisch. Maja war eine Frau, und sie wollte schick aussehen. Und nun sah sie sich um. Keine Auslage weit und breit.

Kierling blieb verschwunden und wäre ohnehin zu provinziell gewesen. Mattscheibe rundum, Fiona, Burnout, Schwamm drüber.

19 Maja probierte ihren weiblichen Gang.

Sie schritt tänzelnd und mit dem Popo wackelnd auf den Zehenspitzen dahin, schüttelte das wallende Haar, und es floss den Rücken hinab. Sie trug das Kindlein im Arm. Nackt und weiblich standen die beiden in der Wüste aus Weiß, und Maja träumte von einer Oase mit Shoppingmalls. Was ihr fehlte, war nicht nur die Umgebung, um ihre Wünsche zu stimulieren und zu befriedigen; es fehlte ihr Geld. Wie sollte sie zu Geld kommen? Das war doch eine wichtige Frage, wenn nicht die wichtigste überhaupt. Ohne Geld gibt es keine Oase und keine Shoppingmall. Nicht einmal fairen Sex. Geld ist Scheiße, weil man es immer braucht. Wie sollte sie einen Wirtschaftskreislauf aus ihrem neuen Leben machen?

Dennoch schritt sie voll Zuversicht voran. Mit Libuše auf dem Arm und der Erfahrung eines Freiheitskämpfers in sich würde sie schon zurechtkommen. Aus der Ferne hörte sie ein Klimpern. Es wurde lauter, je näher sie kam. Sie war auf dem richtigen Weg, ja, da vorne, von dort kam das Geräusch.

Der Nebel verzog sich, und Libuše erblickte das Licht ihrer neuen Welt in einem grünen Tannenwald. Sofort traf sie etwas Hartes, Glänzendes auf der Nase und schlug dann auf dem weichen Tannennadelboden auf. Und pling, noch ein kreisrundes Goldstückchen und noch eins und noch eins.

20 Maja zog den Kopf ein, kauerte, um das Baby

mit ihrem Körper zu schützen, das sich dank Greifreflex fest an sie krallte. Und da Maja eigentlich noch über Havels Hirn verfügte, aus dessen Dichterzeit genügend literarische Motive gespeichert waren, fiel ihr sofort das Märchen vom Sterntaler-Mädchen ein.

Wäre ja ein Leichtes, wenn es Sterne und Geldstücke regnete, dachte sie.

Aber sie hatte nicht einmal ein Nachthemd, mit dem sie die Goldtaler einsammeln könnte. Vielleicht lag irgendwo ein von einem Umweltverschmutzer mutwillig weggeworfener Plastiksack herum? Oder eine leere Fruchtsaftflasche? Nichts. Kein Müll. Trotzdem wollte Maja sich bei Gott dem Allmächtigen oder dem Himmel im Allgemeinen bedanken, um für das Baby ein echtes Vorbild zu sein. Aber da hörte sie ein leises Kichern.

Sie blickte nach oben in die Zweige einer hohen Tanne, und da saß ein runzliges Männchen, das sie beobachtete.

Wer bist du? Fragte Maja.

Was glaubst du denn? Fragte der Zwerg frech zurück.

Na ja, wenn ich ehrlich bin …? Stotterte Maja. Also ich komm mir ein wenig blöd vor, aber hast du nicht die Märchen durcheinandergebracht? Ich meine, falls du tatsächlich Rumpelstilzchen bist.

Rumpelstilzchen! Rief der Zwerg empört. Nein, nein, täusch dich nur nicht, meine Liebe. Du hast wohl geglaubt, du kommst so ohne Weiteres davon! Das Geld fällt dir so einfach in den Schoß … Hahaha!

Da wollte Maja ein paar der Goldmünzen zusammenraffen und davonlaufen, aber die Stimme des Zwerges wurde immer bedrohlicher: Gib mir das Kind, dann werde ich dich reich beschenken! Es gehört mir! Den Handel ging ich mit Fiona ein. Und da die Gebärmaschine nun zerstört ist, gehört mir das Baby umso mehr.

Maja überlegte: Sollte sie auf ein unkompliziertes und reiches Leben verzichten zugunsten eines momentanen Beziehungsphänomens? Libuše sah sie mit fragenden Kulleraugen an, schlug die dicht bewimperten Lider nieder, strampelte und verlangte, auf den Boden gesetzt zu werden. Maja bettete sie auf das weiche Moos. Libuše wälzte sich vom Rücken auf den Bauch, winkelte Arme und Beine an und krabbelte jauchzend drauflos, ergriffen von Entdeckerlust.

Wie viel gibst du mir? Fragte Maja.

Der Zwerg streckte die Händchen nach Libuše aus.

Er sagte: Du bekommst ein paar Millionen, und du wirst für dein Lebtag ausgesorgt haben. Komm her, du kleiner Fratz.

Für ein Lebtag ist mir zu kurz, sagte Maja.

Libuše quiekte vor Vergnügen und steuerte auf den Geldzwerg zu. Sie warf Maja einen Blick über die Schulter zurück und krabbelte dann plötzlich zwischen den beiden Feilschenden in eine andere Richtung weiter und immer weiter und immer schneller, bis sie im Dickicht unbemerkt verschwand.

21 Während Maja und der Geldzwerg

verhandelten, geriet Libuše an einen wild reißenden Fluss. Sie hielt auf das Wasser zu und wollte plantschen. Furchtlos näherte sie sich den unheilvollen Strömungen. Sie verhedderte sich im Dickicht des Schilfs und kam nicht so rasch voran, wie sie es sich wünschte. Außerdem lag da noch etwas Spannendes. Ein Weidekörbchen.

Wie war das hierhergekommen? Libuše krabbelte zum Weidekörbchen hin. Da sie sich flott entwickelte, erprobte sie gleich den Pinzettengriff, spielte sofort mit dem Weidekörbchen Einkaufen. Kurz darauf setzte sie sich selber hinein und erprobte sich als Ware. Sie hüpfte in ihr neues Gehäuse und warf sich hin und her, sodas das Weidekörbchen schaukelte, immer wilder schaukelte und sich aus dem Schilf löste, bis das Kind von den ersten Wellen ergriffen und im Weidekörbchen von den Stromschnellen abgetrieben wurde.

Ein Schrei zerriss die Stille. Maja hatte bemerkt, dass Libuše verschwunden war. Selbst der Geldzwerg war sofort von Angst ergriffen und nahm mit Maja die Suche nach der kleinen Libuše auf. Geld war kein Thema mehr zwischen ihnen. Sie gerieten zwar rasch an den Fluss, doch angesichts der Stromschnellen befürchteten sie das Schlimmste, nämlich dass es längst um Libuše geschehen sein könnte. Weit und breit war nichts mehr von ihr zu sehen. Die Stromschnellen gurgelten und sprudelten. Die Tiefen des Grenzflusses waren unerforscht und galten als gefräßig. Der Fluss holte sich seine Opfer, forderte seinen Tribut.

Am anderen Ufer drüben, wo hungernde, ausgemergelte Körper verendeten, vergeblich auf eine Chance wartend, überzusetzen ins Land der unbegrenzten Möglichkeiten, wüteten die Mächte der alten Welt. Eine Hölle, der zu entfliehen unmöglich war. Und dorthin war Libuše unterwegs.

Maja und der Geldzwerg mussten wählen: Wollten sie Libuše beistehen? Wie echte Eltern in einer echten Welt das Kind vor dem Untergang retten? Sie schlossen die Augen, nahmen einander bei den Händen und stürzten sich in die Fluten.

Sie kamen rasch voran, Majas Körper war ja so gut wie neu, sportlich, elegant und taktisch-strategisch noch mit den Finten des ehemaligen Dissidenten Havels versehen. Der Geldzwerg kannte sich dafür mit dem Auf und Ab der Wellen am Aktienmarkt bestens aus. Er hatte kräftige Oberarme, da man an der Börse durch heftiges Winken die besten Deals abschließen konnte. Ohne sich abzusprechen, war den beiden klar, dass Libuše gerettet werden musste, ja, dass das Kind verloren war, sobald es die grässlichen Gefilde des finsteren Kontinents erreichen würde.

Und sie hatten Glück: Die Wassermiliz war auf das ungleiche Paar aufmerksam geworden und hatte auch das Körbchen, das zum Spielball der wilden Wellen geworden war, entdeckt. Was aber die kleine Libuše nicht zu stören schien. Vielmehr saß sie lächelnd in dem leichten Nestchen und teilte Kusshändchen nach beiden Seiten aus. Sie war da ganz gerecht, die elenden Underdogs bekamen was ab und die strahlenden Gewinner auch. Libuše war mit allem einverstanden, teilte ihre Liebe bis ins Unendliche.

Nachdem das Mädchen einmal in den superschnellen Flussklipper gezogen worden war, ging ihr Bild um die Welt, wurde zum neuen Symbol der Versöhnung. Auf den Titelseiten aller Magazine und Tageszeitungen wurden ihre Kusshändchen vervielfältigt, auf den Bildschirmen aller politischen Sendungen rund um die Erde erstrahlte ihr Lächeln. In aller Munde aller Welt lag nun das Wort Libuše

Libuše

Libuše.

Auch Maja und der Geldzwerg hatten sich retten lassen. Weil sie in ein derart tiefes Unglück gefallen waren und daraus stärker hervorgingen, war das Glück ihnen hold. Die Herzen der armen Teufel flogen ihnen zu. Irgendwie fand Maja den Geldzwerg recht nett, und seine Börsengeschäfte interessierten sie mehr, als sie geglaubt hatte. Mit einem Wort, der internationale Geldmarkt wurde ihr vorstellbar als zweites Zuhause.

Dieses war natürlich nur dort zu finden, wo der Ernst des Lebens herrschte und Verwandlungskünste ohne finanzielle Basis unmöglich waren. Die Welt des neuen Lebens war zwar ideal an die Ideen veralteter Geisteswissenschaftler angepasst, die sich mit den Künsten und den Naturwissenschaften in Einklang gebracht hatten, aber sie bot keine Entfesselungen der Freiheit für ein richtiges Leben mit allen Menschen.

Was kann ich mir leisten, war eben keine Frage des Spiels. Das sollte nun anders werden! In einem Maja unbekannten Land war »Heimat« aus Vergnügen und Geld für alle geplant. Der Geldzwerg verkörperte väterliche Sicherheit mit dicker Brieftasche. Die arabischen Zahlen waren nicht schuld am Unglück der Welt, sondern jene Leute, die mit Verlierern kalkulieren.

Maja und der Geldzwerg wurden über Nacht Stars. Sie gaben sich als die wahren Eltern Libušes aus. Da sie alle drei die Überfuhr überlebt hatten, wollten die größten Fernsehanstalten der Welt wissen, was sie dazu bewogen hatte, ihr sicheres Zuhause zu verlassen, um in den traurigsten Landstrich aller Weltengegenden zu gelangen. Maja brüstete sich mit einem ihrer alten Freiheitskämpfer-Slogans. Sie forderte: Freie Wahl des Reiseziels für alle.

Der Geldzwerg zeigte mit großzügiger Geste um sich. Er sei zwar ein fetter, ungestümer, arroganter kleiner Snob, doch habe er ein Herz für Kinder. Er plante, Orte zum Untertauchen zu schaffen, wo nur Schlafen, Schnorcheln, Champagnertrinken an der Tagesordnung stünden. Er heischte um Vertrauen unter den Vertriebenen für ein Urlaubsparadies und um Investoren aus der Non Governmental Wirtschaftsszene.

Die Vertriebenen und Gejagten konnten aber die Worte des Geldzwerges nicht verstehen, weil es das Wort URLAUB in ihrem Leben bisher nicht gegeben hatte, das ein ständiges Unterwegssein war. Sie glaubten keinem mehr als ihren Träumen. Die bunten Vorstellungen trieben sie weiter und weiter ins Elend hinein.

Nur Libuše konnte Abhilfe schaffen, waren sie überzeugt. Libuše, sonst niemand.

Ihr Abbild stand vor den Augen der Suchenden, lächelte herab von den Zeitungsfetzen, die in ihre Lager geweht kamen.

Libuše bedeutete Zukunft, ihre Zukunft, verstanden sie auch ohne Worte. Libuše läutete ein neues Kapitel ein.

Sie hockte oft am Ufer und hörte den traurigen Weisen der Hoffnungslosen aus den Untiefen zu.

Ihre Gesichtszüge verschwammen in der ständigen Bewegung der Wellen. Sie konnte ihr Spiegelbild nicht erkennen, obwohl sie ihr Abbild so oft in den Medien gesehen hatte. Libuše war sehr besorgt über den Zustand der Welt.

Wir werden ein Happy End haben, flüsterte sie dem Fluss zu.

Er murmelte einschläfernd vor sich hin, nahm seinen Lauf hinunter zu den Flüchtlingen, die am Ufer der Armut lagerten. Da ertönte plötzlich ein Pfiff. Ein scharfer Wind wehte durch die Uferweiden und bog sie zur Seite. Ein schöner Japaner stand mit erhobenem Samuraischwert in den Weiden, bereit, sich seinen Weg zu bahnen. Es war Yoshi.

Libuše war wie geblendet von seinem Anblick, als er das Schwert senkte und neben ihr am Ufer Platz nahm, die Umhängetasche abschnallte, öffnete und einen Vaterschaftstest herausholte. Sanft zerrte er an einem blonden Haar Libušes und steckte seine Beweismittel in das tragbare Labor. Nach ein paar Sekunden schon machte es klimper und pling, und Libuše und der Japaner erfuhren von ihrer Verwandtschaft. Sie beschlossen, sich im Kampf gegen das Unflätige in der Welt zusammenzutun, und besiegelten ihr Bekenntnis zu dieser hohen Mission mit einem kräftigen Furz. Libuše nahm Yoshi an der Hand, und gemeinsam flogen sie hinweg zu neuen Taten. Und wenn jemand etwas gegen die Verkündigung ihrer Zukunft gesagt hätte, hätte Gott ihn verstoßen. Und so blieb der unsichtbare alte Mann fortan als Wächter am Flusse sitzen, den hellen und dunklen Elementen mit seinem langen Bart verbunden.

AMEN